ジョーン・G・ロビンソン 作・絵　小宮 由 訳

メリーメリー

おとまりにでかける

岩波書店

First published 1957 by George G. Harrap & Co., Ltd., London.
This Japanese edition published 2017
by Iwanami Shoten, Publishers, Tokyo
by arrangement with Deborah Sheppard,
the Beneficiary of the Estate of Joan G. Robinson
c/o The Buckman Agency, Oxford,
working with Caroline Sheldon Literary Agency Ltd., London
and Tuttle-Mori Agency, Inc., Tokyo.

もくじ

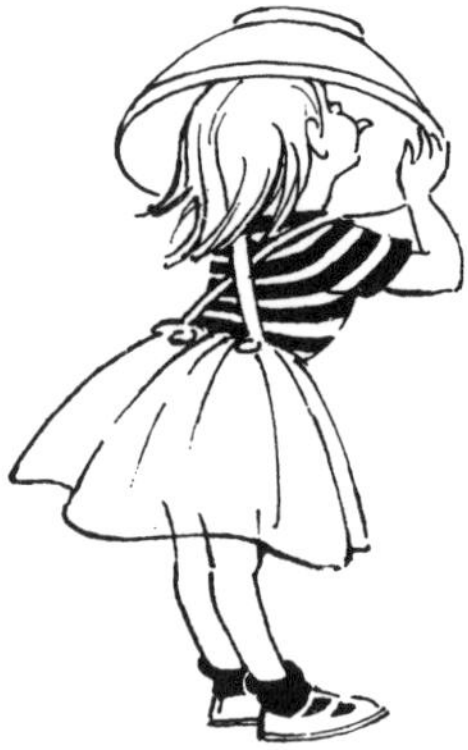

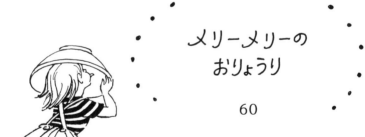

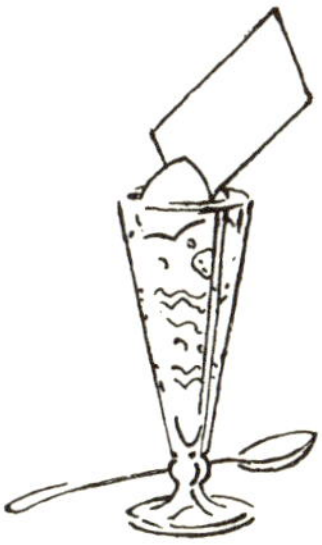

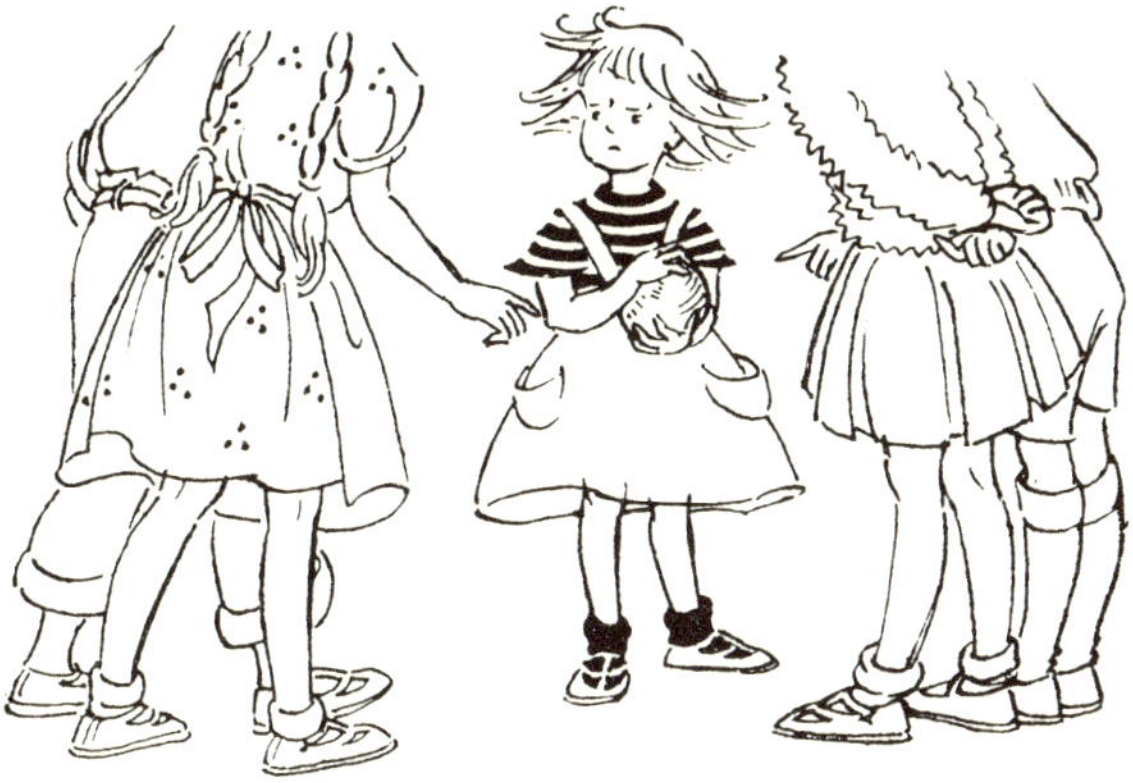

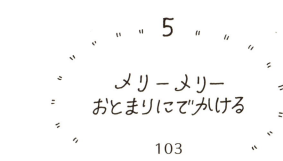

描《か》き文字《もじ》　平澤朋子《ひらさわともこ》

1

メリーメリー おきゃくさんになる

あるところに、メリーメリーという小《ちい》さな女《おんな》の子《こ》がいました。メリーメリーは、五人《ごにん》きょうだいのすえっ子《こ》で、きょうだいの一《いち》ばん上《うえ》は、おねえちゃんのミリアム、二《に》ばんめと三《さん》ばんめは、おにいちゃんのマーチンとマービン、四《よん》ばんめは、おねえちゃんでメグ、といいました。

おねえちゃんやおにいちゃんたちは、大《おお》きくて、なんでもしっている、かしこい子《こ》たちでした。すえっ子《こ》のメリーメリーは、まだ小《ちい》さいので、なんでもしっている、というわけではありません。

ですから、メリーメリーは、いつもみんなから、こんなふうにいわれていました。

「そんなふうにしちゃだめ、メリーメリー！　こうするの！」

「そっちにいっちゃだめ、メリーメリー！　こっちにおいで！」

すると、メリーメリーはたいてい、こんなふうにこたえました。

「いや。あたしのやりかたでする！」

「いや。あたしは、あっちにいく！」

メリーメリーの名《な》まえは、ほんとうは、ただのメリーなのですが、みんなからあかちゃんあつかいされて、いつしかメリーメリーと、よばれるようになったのです。

ある日《ひ》、メリーメリーは、つみ木《き》のはいったはこをひきずりながら、うしろむきでかいだんをおりていました。一《いち》だんおりるたびに、はこが、ガタン！と音《おと》をたてました。下《した》でみていた、ミリアムとマーチンとマービンとメグは、さけびました。

「メリーメリー！　うしろむきでおりたら、あぶない！　おっこちるよ！」

そういったそばから、ガッタン！　ガラガラ！　メリーメリーは、かいだんからすべりおち、つみ木《き》があとからふってきました。

「ほら！　だからいったじゃない」と、ミリアムがいいました。

「ほら！　そうなるとおもったよ」と、マーチン。

「ほら！　いったとおりだ」と、マービン。

「ほら！　いうことをきかないからよ」と、メグもいいました。

「みんなは、おちるっていうけど、そんなのばかみたいっておもったの」と、メリーメリーはいいました。

「メリーメリー！うしろむきでおりたら、あぶない！
おっこちるよ！」

メリーメリーは、かいだんの一《いち》ばん下《した》のだんにこしかけて、じぶんの足《あし》がおれていないか、たしかめました。だいじょうぶ、どこもけがしていません。ただ、ちょっとびっくりしただけです。そこでメリーメリーは、つみ木《き》のはこをひろい、ひざの上《うえ》にのせました。

そのとき、おかあさんが、台所《だいどころ》からあわててやってきました。

「なに? いまの音《おと》」と、おかあさんはききました。

「つみ木《き》のはこが、かいだんからおっこちたの。だから、いい子《こ》いい子《こ》してるだけ」と、メリーメリーはいいました。

四人《よにん》のきょうだいは、おかあさんをみると、いっせいにはなしかけました。

「ねえ、バーバラのうちに、あそびにいってもいい?」と、ミリアムがいいました。「うまれた子《こ》ねこをみせてくれるっていうの」

「ビリーと、つりにいってくるね」と、マーチンがいいました。「あいつ、あたらしいつりざおを買《か》ってもらったから、お古《ふる》をかしてくれるって」

「ボブとあそんでくる」と、マービンがいいました。「あたらしいきしゃのおもちゃを買《か》ってもらったんだって」

おかあさんは、手《て》で耳《みみ》をおおっていいました。

「ちょっと、ちょっと、いっぺんにしゃべりかけないでちょうだい。ええっと、はい、ミリアム。あなたはバーバラのうちにいってきなさい。でも、おやつの時間《じかん》までにはかえってくるのよ。はい、マーチン。あなたはビリーとつりねいってらっしゃい。でも気《き》をつけるのよ。それから、マービン。あなたはボブとあそぶのね。あたらしいおもちゃをこわさないように。それと、メグ。えっと……あなたはなんでしたっけ？」

「わたしは、バンティと買《か》いものにいきたいの」と、メグはいいました。「プレゼントをえらぶのを、てつだってほしいっていうから」

「あら、そう。たのしそうね」と、おかあさんはいいました。「ということは、みんなだれかにさそわれたのね。あ、もちろん、メリーメリーはべつだけど」

「なんであたしだけないの？」と、メリーメリーはききました。「なんでだれも、あたしをさそってくれないの？」

「あら、そんなことないでしょ？」と、おかあさんはいいました。「メリーメリーも、よくだれかにさそわれて、わたしといっしょにおでかけするじゃない」

「ちがう！　あたし、ひとりでいくってこと！」

「それはないわよ」と、ミリアムがいいました。

「まだ、そんな年《とし》じゃないし」と、マーチン。

「ひとりじゃまだ、どこにもいけないだろ」と、マービン。

「まだちっちゃいからね」と、メグもいいました。

そして、みんなは口《くち》をそろえて、「気《き》にすることないよ、メリーメリー」といって、でかけるじゅんびをはじめました。

メリーメリーは、つみ木《き》のはいったはこを庭《にわ》へひっぱっていきながら、大《おお》きな声《こえ》でひとりごとをいいました。

「あたしがおとなになったら、いっぱい、いっぱい、子《こ》どもをつくるわ。それで、みーんなおない年《どし》なの。ちょっとでも年上《としうえ》の子《こ》なんて、ぜったいにつくらないんだから！」

それからメリーメリーは、お気《き》にいりのねずみのおもちゃ、モペットに、つみ木《き》で小《ちい》さな家《いえ》をつくってやりました。

モペットは、ほんもののねずみそっくりな、ゼンマイじかけのおもちゃで、はじめての人《ひと》をびっくりさせるときにべんりでした。

メリーメリーは、モペットをハンカチでくるみ、小《ちい》さなつみ木《き》の家《いえ》のなかにいれて、ねかしつけました。

「いい子《こ》ちゃん」と、メリーメリーはいいました。「おまえは、あたしがおせわしなかったら、なんにもできないんだから。さ、おやすみ。おまえも大《おお》きくなったら、ひとりでだれかのうちに、おでかけしてもいいのよ」

つぎにメリーメリーは、つみ木《き》のはこを庭《にわ》のへいのそばまでひきずっていき、ひっくりかえして、のぼってみました。すると、おとなりの庭《にわ》がみえました。

ミリアムもマーチンもマービンもメグも、みんな、せがたかいので、ちょっとせのびすれば、おとなりをかんたんにのぞくことができます。でも、メリーメリーは、まだ小《ちい》さいので、それができませんでした。

ちょうどそのとき、ミリアムが、バーバラの家《いえ》へでかけようと、勝手口《かってぐち》からでてきました。

「じゃあね、メリーメリー」と、ミリアムはいいました。「こら、おとなりをのぞいちゃだめよ。しつれいじゃない」

メリーメリーは、「バイバイ」とこたえましたが、つみ木《き》のはこからはおりませんでした。

つぎにマーチンが、ビリーとつりをしにでかけていきました。「となりのうちを、じろじろみちゃだめだぞ」

メリーメリーは、「バイバイ」とこたえましたが、やっぱり、つみ木《き》のはこにのったままでした。

つづいてマービンが、ボブとあそびにでかけていきました。

「じゃあな、メリーメリー」と、マービンはいいました。「はこからおりたほうがいいぞ」

メリーメリーは、「バイバイ」とこたえましたが、やっぱりそのままでした。

さいごにメグが、バンティと買《か》いものをしにでかけていきました。

「バイバイ、メリーメリー」と、メグはいいました。「そのはこにのっちゃだめよ。またおっこちるわ。それに、おとなりをのぞくのもだめ。ぎょうぎわるい」

するとそのちょくご、メリーメリーはほんとうに、はこからおっこちてしまいました。おきあがったときには、もうメグのすがたはありませんでした。

「やな、おねえちゃん」と、メリーメリーはいいました。「いっつも、あたしをころばせるんだから」

メリーメリーは、つみ木《き》の家《いえ》をのぞいてみました。モペットの黒《くろ》いビーズの目《め》が、ハンカチのもうふから、はみでています。メリーメリーは、モペットをつみ木《き》の家《いえ》からとりだして、ハンカチからだすと、へいの上《うえ》にのせました。それから、つみ木《き》の家《いえ》を「えいっ！」と、けとばすと、モペットのキーキー声《ごえ》でいいました。

「けとばしちゃだめ。ぎょうぎわるい」

つぎにメリーメリーは、庭《にわ》をぐるっと一《いっ》しゅうしてみました。もとのばしょにもどってきても、モペットは、まだへいの上《うえ》でした。

「こら、おちびちゃん。おとなりをのぞいちゃだめよ。ぎょうぎがわるいんだから。それにおっこちるわよ」

メリーメリーは、あまい声《こえ》でそういうと、ゆびでちょこんと、モペットをつっつきました。するとモペットは、へいのむこうがわにおっこちてしまいました。

メリーメリーは、あわててつみ木《き》のはこにのぼり、おとなりの庭《にわ》をのぞきこみました。けれども、モペットは、どこにもみあたりません。きっと花《か》だんにおちて、しげみのあいだにかくれてしまったのです。

「ああ、どうしよう。かわいそうなモペット」メリーメリーはそういって、つみ木《き》のはこからおりると、どうやったらモペットをとりもどせるか、庭《にわ》をぐるぐるあるきながら、かんがえました。

そのとき、おとなりの家《いえ》のドアが、ガチャッとひらく音《おと》がして、だれかの足音《あしおと》

がきこえてきました。そして、へいのむこうがわに、大《おお》きなむぎわらぼうしのてっぺんがあらわれて、ゆらゆらとうごきはじめました。

メリーメリーが、つみ木《き》のはこにとびのると、むぎわらぼうしがすぐ下《した》にみえました。メリーメリーは、「ふふふん、ふん、ふん」と、小《ちい》さく鼻歌《はなうた》をうたってみました。すると、むぎわらぼうしが上《うえ》をむいて、女《おんな》の人《ひと》のかおがあらわれました。

「あら、こんにちは」むぎわらぼう

しの女《おんな》の人《ひと》がいいました。

「こんにちは」と、メリーメリーもいいました。

「あなた、せがたかいのね！　へいの上《うえ》から、そんなふうにみおろせるなんて」

「そうなの。あたし、けっこうせがたかいの」メリーメリーはそういってから、すこしかんがえて、またいいました。「というのは、うそで、ほんとうは大《おお》きくないの。あたし、つみ木《き》のはこにのってるのよ」

「ああ、そういうこと」と、女《おんな》の人《ひと》はいいました。「お名《な》まえは？」

「メリーメリー」

「わたしは、サマーズよ。はじめましてね。わたし、あたらしいおとなりさんなの。二《に》、三週間《さんしゅうかん》まえにひっこしてきたばかりだから」

「あたしはここに、もう何年《なんねん》も何年《なんねん》もすんでるわ。だからあたしは、古《ふる》いおとなりさんね」と、メリーメリーはいいました。「じつは、あたし、ねずみのおもちゃをさがしてるの」

それからメリーメリーは、サマーズさんに、モペットがどんなふうにして庭《にわ》におちたかを、せつめいしました。

サマーズさんは、花《か》だんを、あちこちさがしてくれました。けれども、モペットはどこにもみつかりませんでした。

「どこかにあるんでしょうけど」と、サマーズさんはいいました。「あなたのおにいさんか、おねえさんにもきてもらって、いっしょにさがしたら、みつかるかもしれないわね」

「それが、みんないないんです」と、メリーメリーはいいました。

メリーメリーは、サマーズさんに、ミリアムはバーバラの家《いえ》にあそびにいったこと、マーチンはビリーとつりにいったこと、マービンはボブとあそびにいったこと、メグはバンティと買《か》いものにいったことをおしえました。そして、じぶんは、大《おお》きくなって、だれかがさそってくれるまで、ひとりででかけちゃだめ、といわれたこともはなしました。

「そうだったの」と、サマーズさんはいいました。「じゃあ、どう？　うちにくる？　わたし、あなたをだきあげて、へいのこっちがわへ、いれてあげられるかしら」

「そしたらあの……ちゃんとしたおきゃくさんみたいに、門《もん》からはいって、げんかんへいってもいいですか？」

「ええ、それがいいわね。ぜひ、そうしてちょうだい」と、サマーズさんはいいました。「あなたは、ちゃんとした、一人《いちにん》まえのおきゃくさんだもの」

メリーメリーは、勝手口《かってぐち》からいそいで家《いえ》にはいると、そのままげんかんへはしっていきました。げんかんのドアノブは、すこしたかいところにありましたが、とびあがってまわせば、かんたんにあけられます。

ドアのガラスのぶぶんに、レースのカーテンがかかっていました。メリーメリーは、とびあがって、カーテンをつかみました。すると、バチンッと、はじけるような音《おと》がして、カーテンがはずれました。

メリーメリーは、レースのカーテンを、かたにさらりとかけると、げんかんのかがみのまえに立《た》ちました。それから、かがみのなかのじぶんにむかって、こっくりうなずくと、いいました。

「ごきげんよう。さっきのあたしだってこと、わかります？」

メリーメリーは、そとにでて、げんかんのドアをしめました。そして、ゆっくりと、ゆうがな足《あし》どりで、おとなりさんの家《いえ》の門《もん》をぬけ、げんかんへあるいていきました。

サマーズさんは、すぐにドアをあけてくれました。

「ごきげんよう。さっきのあたしだってこと、わかります？」と、メリーメリ

「ごきげんよう。
さっきのあたしだってこと、わかります?」

ーはいいました。

「ええ」と、サマーズさんはこたえました。「ごきげんよう。どうぞ、なかへはいって。きてくれてうれしいわ」

「そう、それ!」と、メリーメリーはいいました。「うれしい。あたしがちゃんとしたおきゃくさんになりたいってこと、わかっててくれて」

ふたりは、家《いえ》にはいりました。サマーズさんの家《いえ》は、たいへんおちついたふんいきで、おもちゃなんか、どこにもありません。げんかんのホールには、ハトどけいがかかっていて、居間《いま》には、ゆりいすがありました。それから、台所《だいどころ》へいくと、テーブルに、小《ちい》さなピンク色《いろ》のカップケーキがならんだ、おさらがのっていました。

「かわいい」と、メリーメリーはいいました。

「でしょ?」と、サマーズさんはいいました。「ちょうどできあがったところなの。あとで、おやつにいただきましょう」

メリーメリーは、ハトどけいのハトが、「ポッポー、ポッポー」と、二《に》かいでてくるところをみせてもらったり、ゆりいすにすわらせてもらったり、ピアノをひかせてもらったりしました。それから庭《にわ》へでました。メリーメリーは、花《か》だんのタチアオイの下《した》で、さかだちしているモペットをみつけました。

サマーズさんは、デッキチェアをふたつと、小《ちい》さなテーブルを庭《にわ》にもってきて、しばふのまんなかにならべるといいました。

「きょうは天気《てんき》がいいから、ここでおやつにしましょう」

それからサマーズさんは、日《ひ》がさをもってきて、メリーメリーにかしてくれました(サマーズさんは、大《おお》きなむぎわらぼうしをかぶっていたので、日《ひ》がさはひつようなかったのです)。それから、おゆをわかしに、家《いえ》にはいっていきました。

メリーメリーは、レースのカーテンをかたにかけたまま、大《おお》きいほうのデッキチェアにすわりました。そして、おとなの女の人《おんなひと》がつかう日《ひ》がさをさしました。気分《きぶん》はもう、りっぱなおきゃくさんです。

そのころ、ミリアムとマーチンとマービンとメグが、おやつの時間《じかん》になったので、家《いえ》にかえってきました。ところが、メリーメリーがいません。四人《よにん》は、家《いえ》じゅうをさがし、庭《にわ》もみてまわりましたが、どこにもいませんでした。そのとき、みんなは、庭《にわ》のへいのそばに、つみ木《き》のはこがおいたままになっているのに気《き》がつきました。

「まさか、あの子《こ》、へいをのりこえてったんじゃないでしょうね？」と、ミリアムがいいました。

「そりゃないよ。あいつ、ちびだし」と、マーチン。

「そんなどきょうもないさ。へいはたかいし」と、マービン。

「でも、ちょっと、のぞいてみたほうがいいんじゃない？」と、メグがいいました。

そこで四人《よにん》は、へいのまえにならび、つまさき立《だ》ちをして、おとなりの庭《にわ》をのぞいてみました。すると、なんとそこに、大《おお》きなデッキチェアにすわった、メリーメリーがいるではありませんか！　そばには、小《ちい》さなテーブルがあり、手《て》には、日《ひ》がさまでもっています。

「メリーメリー！」みんなは、どうじにさけびました。「そんなとこで、いったいなにしてるの？」

メリーメリーは、もったいぶったちょうしで、にっこりほほえむと、目《め》をとじました。こうやって、ゆうがに庭《にわ》ですごしているだなんて、まるでおとなの女《おんな》の人《ひと》になった気分《きぶん》です。

四人《よにん》のきょうだいは、あたまをひっこめ、へいのむこうがわで、こそこそとはなしはじめました。

「なんてぎょうぎのわるい子《こ》なの！」

「あいつ、へいをこえてったんだよ」

「よその家《いえ》の庭《にわ》で、あんなどうどうとすわってさ」

「まるで、じぶんのうちみたいにしてた」

四人《よにん》は、あれこれささやきあい、またへいからかおをのぞかせました。

「メリーメリー、もどってきなさい」

と、ミリアムがいいました。

「でないと、おかあさんにいいつけるぞ」と、マーチン。

「おとなりさんに、みつかっちゃうぞ」と、マービン。

「ほら、はやく」と、メグもいいました。

メリーメリーは、ゆっくりみんなのほうをふりむきました。そして、きれいなおとなの女《おんな》の人《ひと》がするように、にっこりとほほえんでいいました。

「そんなふうに、へいからのぞいてはいけませんよ。しつれいです」

ちょうどそのとき、サマーズさんが紅茶《こうちゃ》のはいったティーカップを二《ふた》くみと、ピンク色《いろ》のカップケーキをのせたおぼんをもって、やってきました。

それをみた四人《よにん》は、あわててあたまをひっこめ、またささやきあいました。その声《こえ》は、ぜんぶメリーメリーにきこえました。

「みた？　あの子《こ》、ちゃんとお茶《ちゃ》によばれたのよ」

「あいつが？　ありえないよ」

「おかあさん、しってるのかな？」

メリーメリーは、にっこりほほえむと、目をとじました。

「しんじらんない」

サマーズさんが、テーブルにおぼんをのせると、メリーメリーはいいました。

「いま、みました？　へいのむこうから、きたないかおが四《よっ》つ、ならんでこっちをのぞいてたのを」

「ええ。なにかみえた気《き》がするわ」サマーズさんは、にっこりわらっていいました。「あれ、あなたのごきょうだい？」

「そうなんです」メリーメリーは、ざんねんそうにいいました。「あの人《ひと》たち、あんなふうにして、よその家《いえ》をのぞくだなんて。あたし、そんなことしちゃだめって、いっつもちゅういしてるんです。でも、それがしつれいだってこと、わからないみたいなの」

「まあ、そうなのね」と、サマーズさんはいいました。「さ、ケーキをめしあがれ。ふたつはたべてね。小《ちい》さいケーキだから」

♫こうして、メリーメリーは、じぶんひとりだけでさそわれて、おきゃくさんになったんですって。これで、このおはなしは、おしまいです。

2

メリーメリー おこづかいをかせぐ

ある日《ひ》、メリーメリーは、おねえちゃんやおにいちゃんたちが、まじめなかおつきで、せかせかと、台所《だいどころ》からでてくるのをみかけました。ミリアムは、水《みず》をいれたバケツと、デッキブラシをもっていました。マーチンは、ほうきをもっていて、マービンはくつブラシ、メグはこなせっけんをもっていました。

「ねえ。みんな、なにするの？」と、メリーメリーはききました。

「わたしたちにかまわないで」と、ミリアムがいいました。

メリーメリーがどうしたかというと、
もちろん、あとについていきました。

「いそがしいんだから」と、マーチン。

「これから、しごとなんだ」と、マービン。

「おこづかいをかせぐのよ」と、メグもいいました。

メリーメリーは、みんながもっているどうぐをみると、ますます、なにをするのかしりたくなりました。

「あたしもやる」と、メリーメリーがいいました。

するとみんなは、メリーメリーのほうへふりかえっていいました。

「だめだめ、メリーメリーは。あっちにい

って」

そこで、メリーメリーがどうしたかというと、もちろん、あとについていきました。

ミリアムは、勝手口《かってぐち》へいって、かいだんをこすりはじめました。メリーメリーは、ミリアムが、デッキブラシをバケツにつっこみ、水《みず》をまきちらしながらゴシゴシこするのをみて、とてもたのしそうだとおもいました。

「こんなたのしそうなことをやって、おこづかいまでもらえるの？」メリーメリーは、ふしぎそうにききました。

「そうよ」と、ミリアムはこたえました。「三《さん》ペンスもらえるの。あなたもわたしくらい大《おお》きくなれば、おこづかいをかせげるわ」

「あたし、いまやりたい」メリーメリーはそういって、デッキブラシに手《て》をのばしました。

「こんなたのしそうなことをやって、おこづかいまでもらえるの？」

「だめ。バケツをひっくりかえすわよ」

そういわれて、メリーメリーは、ちょっとうしろにさがりました。すると、足《あし》もとにあったバケツにつまずいて、バケツのなかにしりもちをついてしまいました。

「ほら、もうやった！」と、ミリアムはいいました。「じぶんがどうなったか、みてごらん！」

「みなくたってわかる。ぬれちゃったもん」と、メリーメリーはこたえました。

ミリアムは、もういちど、バケツに水《みず》をくみにいきました。

メリーメリーは、びしょびしょのスカートから、ぽたぽたしずくをたらしながら、ほかの三人《さんにん》がなにをしているのか、みにいきました。

マーチンは、ごみおきばのまわりを、ほうきではいていました。

「ねえ、それやったら、三《さん》ペンスもらえるの？」と、メリーメリーはききました。

「そうだよ」と、マーチンはこたえました。「おれくらい大《おお》きくなれば、おまえもできるようになるさ」

「あたし、いまやりたい」メリーメリーは、ほうきに手《て》をのばしました。

「だめだめ、まだちびなんだから。じぶんがよごれるだけだ」

そういわれて、メリーメリーは、ちょっとうしろにさがりました。すると、足《あし》もとにあった、ごみの山《やま》につまずいてころび、ほこりやおちばが、びしょぬれのスカートにくっついてしまいました。

「わ、ひどい」と、メリーメリーはいいました。

「ほら、いわんこっちゃない！」マーチンはそういって、もういちど、ほうきでごみをあつめだしました。

メリーメリーは、びしょびしょのスカートに、ほこりやおちばをくっつけたまま、あとのふたりがなにをしているのか、みにいきました。

マービンは、げんかんのまえのかいだんにひざをついて、くつをみがいていました。メリーメリーは、マービンがやることをしばらくながめていました。そばには、くつずみのカンがふたつおいてあります。ひとつは、まっ黒《くろ》のクリーム、もうひとつは、あかるい茶色《ちゃいろ》でした。

マービンは、カンのなかにブラシをつっこんでくつずみをつけると、くつにぬりました。それからべつのブラシで、ぜんたいにのばし、さいごにやわらかい布《ぬの》で、ピカピカになるまでみがきました。

「それやるの、すき?」と、メリーメリーはききました。

「そうでもないよ」と、マービンはこたえました。「でもこれで、三《さん》ペンスもらえるんだ」

メリーメリーも、マービンのそばにひざをついていいました。

「あたしも、ちょっとやってみたい」

「やめろ。じぶんがまっ黒《くろ》になるだけさ。さ、立《た》てよ」

メリーメリーは、そういわれて、立《た》ちあがりました。すると、じぶんのりょうひざに、カンがひとつずつくっついているではありませんか! ひざをついたとき、下《した》をよくみなかったからです。右《みぎ》ひざには黒《くろ》のカン、左《ひだり》ひざには茶色《ちゃいろ》のカンがはりついています。メリーメリーは、気《き》づかれないうちに、いそいでカンをとりました。マービンは、いっしょけんめい、くつをみがいています。

「おまえもおれみたいに大《おお》きくなったら、三《さん》ペンスかせげるようになるよ」マービンは、メリーメリーをみないでいいました。「さ、もういけよ。まっ黒《くろ》になるっていったろ？」

メリーメリーは、じぶんのひざをみました。

「もうなっちゃった」メリーメリーはそういって、ひざについたくつずみを、りょう手《て》でぬぐいました。

メリーメリーは、びしょびしょのスカートに、ほこりやおちばをくっつけ、りょう手《て》とりょうひざにくつずみをつけたまま、メグがなにをしているのか、みにいきました。

メグは、庭《にわ》で大《おお》きなたらいに水《みず》をはり、じぶんのにんぎょうのもうふをあらっていました。

「なんで、そんなことしてるの？」と、メリーメリーはききました。

「これ、ずいぶんよごれてたから」と、メグはいいました。「あと、にんぎょうのふくもあらえば、三《さん》ペンスもらえるの」

メリーメリーは、そばにあった、こなせっけんのはこを手《て》にとっていいました。

「あたしも、なにかあらいたい。三《さん》ペンスほしいもん」

「むりよ。まだちっちゃいんだから。わたしぐらい大《おお》きくなれば、できるようになるわ。ほら、はこをもとにもどして。こぼしちゃうわよ」

「いや」メリーメリーはそういって、こなせっけんのはこを、あたまの上《うえ》にもちあげました。

「あ、なにやってるの！　こぼれてる。さかさま！」と、メグがさけびました。

「かみが、こなだらけ！」

メリーメリーは、はこをじめんにおろしました。

「こぼれてる。さかさま!」

「なんか、あたまが、くすぐったいっておもった」と、メリーメリーはいいました。

「もう、あっちいって！」と、メグはいいました。

「いや」

メリーメリーは、うごこうとしませんでした。

「そう。それじゃあ、ずーっとここにいれば？」

「それもいや。やっぱりいく」

メリーメリーは、びしょびしょのスカートに、ほこりやおちばをくっつけ、りょう手《て》とりょうひざにくつずみをつけて、あたまにこなせっけんをかぶったまま、家《いえ》の門《もん》まであるいていきました。ほかにだれか、おもしろいことをしていないかな、とおもったのです。

通《とお》りをみてみると、むかいのへいの上《うえ》にねこがいて、からだをなめていました。

メリーメリーは、門《もん》をあけ、ねこにちかづくと、あたまをなでてやりました。それから、あたりをみまわしました。

すると、石炭売《せきたんう》りの荷馬車《にばしゃ》が、三《さん》げんとなりのバセットさんの家《いえ》のまえにとまっていました。石炭売《せきたんう》りのおじさんはいませんでしたが、バセットさんが、なにやらぶつぶついいながら、荷馬車《にばしゃ》のまわりをぐるぐるまわっていました。ときどき、かがみこんで、荷馬車《にばしゃ》の下《した》をのぞいています。でもバセットさんは、ふとっていて大《おお》きかったので、そうするのが、とてもつらそうでした。

「なにしてるのかしら？　それに、だれとはなしてるんだろう？」メリーメリーは、そうおもってみていました。

荷馬車《にばしゃ》の馬《うま》は、あたまからつるされた、かいばぶくろの草《くさ》をムシャムシャとたべているだけで、バセットさんのことなど、まったく気《き》にかけていないようすです。

メリーメリーは、バセットさんにちかづいていきました。バセットさんは、こしをのばしながら、「うーん」といって、それから、しんぱいそうなかおで馬《うま》をみつめ、「ニャオ、ニャオ」と、いっていました。

「それ、ねこじゃないわ。うまよ」と、メリーメリーはいいました。

バセットさんは、メリーメリーに気《き》がついていいました。

「やあ、メリーメリー！ きみは、わたしなんかより、ずっとぴったりの大《おお》きさだ。ちょっとすまないが、わたしのかわりに、この荷馬車《にばしゃ》の下《した》をのぞいて、なにがみえるか、おしえてくれないかい？」

メリーメリーは、かがんで、荷馬車《にばしゃ》の下《した》をのぞいてみました。

「石炭《せきたん》が一《いっ》こ」

「ほかには？」

「えっと、ほかにもいろいろ。石炭《せきたん》がもう一《いっ》こあるし、銀色《ぎんいろ》のえんぴつとか、紙《かみ》きれとか」

「ねこはいないかい？」

「いない」

「ほんとうかい？」

「ええ、ほんとにいないわ」と、メリーメリーはいいました。「でも、そんなにねこをみつけたいなら、あっちのへいの上《うえ》にいるわよ」

バセットさんは、メリーメリーがゆびさすほうをみました。すると、たしかに、ねこが一《いっ》ぴき、へいの上《うえ》でからだをなめていました。

「あれれ！」と、バセットさんはいいました。「わたしが目《め》をはなしたすきに、あそこまで、はしってったんだな。さっきみたんだよ。門《もん》からでたとき、あの子《こ》がこの荷馬車《にばしゃ》の下《した》にもぐりこんだのを。ほっといたら、石炭売《せきたんう》りがもどってきたあと、荷馬車《にばしゃ》にひかれちまうんじゃないかと、しんぱいになったんだ。だから、でておいでと、よんでたんだよ。だが、いっこうにでてきやしない。なんどもかがんでいるうちに、ポケットからいろんなものがおちたが、そんなことより、ねこのほうがしんぱいでね」

メリーメリーは、それをきいて、バセットさんのことを、たちまちすきになりました。ねこのことをそんなにしんぱいするなんて、なんてやさしい人《ひと》なのでしょう。

「おとしたもの、ひろいましょうか？　あたし、かんたんにもぐれるから」と、メリーメリーはいいました。

「でも、ふくがよごれちまうよ」

メリーメリーは、じぶんをみてみました。

「あたし、もうじゅうぶん、よごれてるから」

「ああ、たしかに、そんなかんじだね」と、バセットさんはいいました。「じゃあ、おねがいしようかな。しんせつにありがとう」

そこで、メリーメリーは、はらばいになって、荷馬車《にばしゃ》の下《した》にもぐりこみました。

バセットさんは、そばに立《た》ってまっていました。

「わっ！」メリーメリーがさけびました。「お金《かね》がおちてる！　半《はん》クラウン！」

「おおっ」と、バセットさんはいいました。「とにかく、あるものは、なんでもひろっておいで。ポケットからなにがおちたか、じぶんでもよくわからんのだよ」

メリーメリーは、半《はん》クラウンのコインと、石炭二《せきたんに》こ、それから紙《かみ》きれ一《いち》まいと、銀色《ぎんいろ》のえんぴつをひろうと、荷馬車《にばしゃ》の下《した》からはいでてきました。

「ありがとう」と、バセットさんはいいました。「どれどれ、じゃあみてみよう。えーっと、この石炭《せきたん》は、石炭売《せきたんう》りのものだね。だから、ほれ、荷台《にだい》の上《うえ》にほうりなげておこう。この銀色《ぎんいろ》のえんぴつは、わたしのだから、ポケットにもどすと。

この紙《かみ》きれは……だれのものでもなさそうだね。すててしまおう。それで、この半《はん》クラウンのコインだが……これはメリーメリー、きみのものだ。きみがかせいだお金《かね》だ」

「あたしが？」

「そう。この下《した》にもぐりこんでくれたろう？」と、バセットさんはいいました。

「さ、こいつをなににつかう？」

「あたし、あさからずっと、三《さん》ペンスあったらいいなぁっておもってたの。ぼうつきアイスがほしくって」

バセットさんは、それをきいて、なにやらゆびをおって、かぞえだしました。

「ふむ。となると、この半《はん》クラウンで、ぼうつきアイスが十本買《じっぽんか》える。でも、さすがに十本《じっぽん》はおおいね。ともかく、半《はん》クラウンをつかいにいこう。よかったら、そこのかどにある、小《ちい》さな喫茶店《きっさてん》へいってみないかい？」

「ほんとう？　すっごくいきたい」と、メリーメリーはいいました。「あそこのとなりが、ぼうつきアイスをうってるお店《みせ》でね、あたし、よくあの喫茶店《きっさてん》をのぞいてるの。おとなの女《おんな》の人《ひと》が、まどぎわのせきにすわって、コーヒーをのんでるのよ。あたし、いつか、あんなふうにしてみたいなぁっておもってたの」

「いいね。そうできるよ」と、バセットさんはいいました。

ところがメリーメリーは、ふと、じぶんのかっこうをおもいだしました。

「おとなの女《おんな》の人《ひと》は、こんなきたないかっこうしてないわね」

「わたしだってそうさ。こんななりの女《おんな》の人《ひと》も、いないだろうよ」と、バセットさんはいいました。「でもね、はずかしがらずに、どうどうと、ぎょうぎよくふるまえば、わたしたちが、どんなかっこうをしてるかなんて、だれも気《き》にせんもんだよ。きみは、お店《みせ》のなかで、さけんだり、ものをなげたりしないね？」

「ええ、しない」

「おさらをなめまわしたりも？」

「そとではしない」

「わたしもそうだ。ならば、もんだいなしだ」

そこでメリーメリーは、まだしめったスカートに、ほこりやおちばのかざりをつけ、りょう手《て》とりょうひざにはくつずみを、かみにはこなせっけん、そのうえ、はなのあたまに石炭《せきたん》のすすをつけたまま、バセットさんといっしょに、どうどうと小《ちい》さな喫茶店《きっさてん》へむかいました。

「一《いち》ばん大《おお》きなアイスクリーム・サンデーと、コーヒーをたのもう」バセットさんは、あるきながらいいました。

「どっちがどっちのですか？」メリーメリーは、ていねいにたずねました。

「きみは、おとなの女《おんな》の人《ひと》のように、コーヒーをたのめばいい。それで、わたしが、アイスクリーム・サンデーをちゅうもんするよ。わたしは、あそこのアイスクリーム・サンデーが大《だい》すきでね。だが、ざんねんながら、いまは、たべられないんだ。あれはふとるもとだからね。だから、きみがかわりにたべてくれるかい？　わたしは、それをみてるから」

「じゃあ、コーヒーは？　じつはあたし、コーヒーって、あんまりすきじゃないの」

「それなら、わたしがコーヒーをいただくよ。これでおたがい、もんくなしだ」

いっぽう、家《いえ》では、ミリアムが勝手口《かってぐち》のかいだんをみがきおえ、マーチンがごみおきばをはきおえ、マービンがくつをみがきおえ、メグがにんぎょうのふくをあらいおえました。みんな、からだがほてって、くたびれていました。

「おこづかいの三《さん》ペンス、なんにつかう？」と、ミリアムがみんなにききました。

「なんか、つめたいものを買《か》おうよ」と、マーチン。

「ぼうつきアイスは?」と、マービン。

「いいわね。そうしましょ」と、メグもいいました。

「あなたたち、きれいにしてからいきなさい」と、おかあさんはいいました。

そこで四人《よにん》は、手《て》をあらい、かみをとかしてから、ぼうつきアイスを買《か》いにいきました。

いつものお店《みせ》につくと、ミリアムは、ラズベリーあじのぼうつきアイスをえらびました。マーチンはストロベリーあじ、マービンはオレンジあじ、メグはライムあじをえらびました。

それから四人《よにん》は、ならんでぼうつきアイスをなめながら、となりの喫茶店《きっさてん》をのぞいてみました。そのとたん、四人《よにん》は目《め》をまるくして、どうじにさけびました。

「みて、あれ!」

四人は、ぼうつきアイスをなめながら、のぞいてみました。

まどぎわのせきに、まるでおとなの女《おんな》の人《ひと》が、モーニングコーヒーをあじわっているかのように、メリーメリーがくつろいだようすで、すわっているではありませんか！　ただ、コーヒーをのんでいるのではなく、ながいスプーンで、せのたかいグラスにはいった、大《おお》きなアイスクリーム・サンデーをたべています。

「メリーメリー！」と、四人《よにん》

はさけびました。

「りょう手《て》に、くつずみをつけてらぁ！」と、マービンがいいました。

「かみに、こなせっけんをつけたままよ」と、メグ。

「はなのあたまが黒《くろ》いぞ」と、マーチン。

「なのに、あんな大《おお》きいアイスクリーム・サンデーをたべてる！　どうして？」

と、ミリアムもいいました。

メリーメリーは、みんなにむかって、ながいスプーンをふりながら、そとがみえるせきにすわってよかった、とおもいました。でも、四人《よにん》は、メリーメリーに手《て》をふりかえす気《き》はなさそうです。そこでメリーメリーは、バセットさんとのおしゃべりにもどりました。

「やっぱり、なかからみるほうがずっといい」と、メリーメリーはいいました。

「ん？　なにが、ずっといいって？」と、バセットさんがききました。

メリーメリーが、すわっているではありませんか！

「お店《みせ》のそとから、なかをみるより、お店《みせ》のなかから、そとをみるほうがずっといいっておもったの」

「ああ、たしかにそうだ。ずっといい」

バセットさんは、まどにせなかをむけてすわっていたので、ミリアムたちに気《き》がつきませんでした。

「なんか、あたし、おねえちゃんやおにいちゃんたちに、ちょっとわるいなって、気《き》がしてきた」

と、メリーメリーはつづけました。

「どうしてだい？」

「だって、おねえちゃんやおにいちゃんたちは、きょう、家《いえ》のおてつだいをして、三《さん》ペンスもらうっていってたの。三《さん》ペンスあれば、ぼうつきアイスが買《か》えるでしょ。それでね、みんな、あたしにいったの。『おまえも大《おお》きくなったら、三《さん》ペンスをかせげるようになるよ』って。だけど、もしみんなが、あたしぐらい小《ちい》さかったら、半《はん》クラウンもかせげて、あたしたちといっしょに、ここにすわれたのよ。そうでしょ？」

「そうだね。そうなってたかもしれないね」と、バセットさんはいいました。

「でも、このことを、わざわざみんなに、はなすひつようはないんじゃないかな？　きみが、いいたいならべつだけど」

「うん、わかった。あたし、いわないことにする」メリーメリーはそういって、にっこりとほほえみました。

♫こうして、メリーメリーは、おこづかいをかせいだんですって。これで、このおはなしは、おしまいです。

3

メリーメリーのおりょうり

ある日《ひ》、あさごはんのときに、おかあさんがおとうさんにいいました。

「あなた、きょうはおめでとう、ですね」

おとうさんは、しんぶんをよんでいましたが、そういわれて、日《ひ》づけのところに目《め》をやりました。

「おや、ほんとだ！　おめでとうだ」

と、おとうさんはいいました。

すると、おねえちゃんやおにいちゃんたちが、いっせいにしゃべりだしました。

「どうして？　きょうは、おとうさん

やおかあさんのたんじょう日《び》じゃないでしょ？　なんでおめでとうなの？」

「たぶん、たんじょう日《び》ごっこしてるのよ」と、メリーメリーはいいました。

「いいおもいづき、ね。たんじょう日《び》ごっこなんて」

「おもいづきじゃなくて、おもいつき」と、メグがいいました。「それに、ごっこなんてしないわ。おとななんだから」

「たんじょう日《び》じゃないのよ」と、おかあさんがいいました。「きょうは、おとうさんとわたしの、けっこんきねん日《び》なの」

「なにかプレゼントもらえるの？」と、メリーメリーはききました。

「いいえ。たんじょう日《び》みたいにはね」と、おかあさんはいいました。

「でも、そうだな。あとで、おかあさんをえいがにでもつれだそうかな。きょうのごごは、おかあさんのやすみとしよう。いいかな？」と、おとうさんがきくと、みんなはよろこんで、さんせいしました。

「じゃあ、おかあさんとおとうさんがでかけてるあいだ、わたしたちが、おやつのじゅんびをしといてあげる」と、ミリアムがいいました。

ひるになって、おひるごはんをたべおえると、おかあさんは、すぐにお気《き》にいりのぼうしをかぶって、おとうさんとでかけていきました。子《こ》どもたちは、ぜんいんおるすばんです。

「おやつのときに、おかあさんたちをびっくりさせましょうよ」と、ミリアムがいいました。

「うん！」と、メリーメリーがいいました。「そしたらあたし、ウエディングケーキをつくる！」

「そんなのできっこないでしょ」と、ミリアムがいいました。「でも、わたし、まるいケーキならやけるわ」

「じゃあ、おれ、ケーキに立《た》てる、ロウソクを買《か》ってくるよ」と、マーチンがいいました。

「おれは、カードにする。けっこんきねん日《び》おめでとうってかくよ」と、マービン。

「わたしは、色紙《いろがみ》で、ケーキにまくかざりをつくるわ」と、メグもいいました。

四人《よにん》は、おかあさんとおとうさんが、どんなにびっくりするだろうとおもうと、わくわくしました。

「あたしも、おりょうりしたい」と、メリーメリーはいいました。

「だめよ」と、ミリアムがいいました。「あなたは、台所《だいどころ》で、わたしのやることをみてなさい」

マーチンは、さっそくロウソクを買《か》いにいき、マービンはカードをかきはじめ、メグはかざりをつくりはじめました。ミリアムとメリーメリーは台所《だいどころ》へいき、メリーメリーは、ミリアムがケーキをつくるのをみていました。

ケーキの生地《きじ》をつくりおえたミリアムは、つかいおわったボウルを、メリーメリーにわたしていいました。

「じゃあ、ボウルについてる生地《きじ》をおとして、きれいにしといてちょうだい」

ミリアムは、オーブンにケーキの生地《きじ》をいれると、ほかのきょうだいたちのようすをみにいきました。

メリーメリーはさいしょ、木《き》のスプーンをつかって、ボウルについている生地《きじ》をとっていましたが、とちゅうから、ゆびでぬぐうようになり、しまいには、ボウルをさかさまにして、したでなめだしました。

「あたし、やいたケーキより、やくまえのほうがすきだわ」メリーメリーは、ボウルをあたまにかぶったまままいいました。「あたし、おとなになったら、じぶんの子《こ》どもたちに、まいにち、やくまえのケーキをあげよ。おかあさんとおとうさんだって、きっとこっちのほうがすきだとおもうな」

「あたし、おとなになったら、
じぶんの子どもたちに、まいにち、やくまえのケーキをあげよ」

メリーメリーは、ボウルをテーブルにおくと、しばらくボウルをみつめていました。そして、とつぜん、大《おお》きな声《こえ》でいいました。

「そうよ！　ずっと、すきにきまってる！」

メリーメリーは、きゅうに、いそがしくうごきだしました。まずさいしょに、ボウルにバターをいれました(ミリアムがそうしていたのです)。そこにさとうをいれて、バターといっしょにぐるぐるかきまぜました(ミリアムがそうしていたのです)。それからたまごを二《に》こもってきて、ボウルのわきにおきました。そして、一《いっ》こめのたまごをボウルのふちでわりました(ミリアムがそうしていたのです)。

ところが、わったたまごは、ボウルのなかではなく、そとにおちて、テーブルの上《うえ》にひろがってしまいました。

「あっ、やっちゃった」

メリーメリーは、おちたたまごを、木《き》のスプーンですくおうとしました。ところがたまごは、あっちにつるつる、こっちにつるつるすべって、なかなかスプーンにはいってくれません。

「この、ごうじょうっぱり！」と、メリーメリーはいいました。「みてなさい、ぜったいつかまえてやるから」

メリーメリーは、たまごがにげるひまもないくらい、さっとすくおうとしました。

ところが、やっぱりたまごは、にげていきます。たまごは、とうとうテーブルのはしまでおいやられ、ついにトプンと、ゆかにおちてしまいました。

「あっ！」

メリーメリーは、とっさにしゃがみこんで、たまごをうけとめようとしました。

すると、つづいて二《に》こめのたまごが、テーブルをころころところがりだして、パ

「みてなさい、ぜったいつかまえてやるから」

シャン！　と、ゆかにおちてわれてしまいました。

「二《に》ことも、ばか！」と、メリーメリーはいいました。「もう、まったく。たまごって、これだもの。つるつるしてて、ほんとやだ。わかったわ。あなたたちがボウルにはいりたくないっていうんなら、ボウルのほうからそっちへいきます」

そこでメリーメリーは、そうしたのでした。すなわち、おちたたまごの上《うえ》にボウルをひっくりかえして、ゆかでまぜはじめたのです。

けれども、ゆかの上《うえ》では、ボウルのなかのようにうまくいきません。だって、まぜればまぜるほど、どんどん、ひろがっていくのですから。

メリーメリーは、生地《きじ》のまわりをぐるぐるまわりながら、木《き》のスプーンで生地《きじ》のはしをおしこむようにしてまぜました。しだいに、ゆかもつるつるしてきて、メリーメリーは、気《き》をつけてあるかなければなりませんでした。

そのときマーチンが、ロウソクを買《か》ってかえってきました。ミリアムにあいに、台所《だいどころ》へやってくると、メリーメリーのようすが目《め》にとびこんできました。

「うわ！　ずいぶん、はでにやってるなぁ！」と、マーチンはいいました。

「そう？」と、メリーメリーはいいました。「あたしも、こんなふうにしたくなかったんだけど、たまごがすべるんだもん」

「それでおまえ、いったいなにしてんだ？」

「もちろん、おりょうりよ。おとうさんとおかあさんに、やくまえのケーキをあげようとおもって」

「こりゃ、ひどいな」マーチンはそういって、ミリアムをさがしにいきました。

「やだ、メリーメリー！　なんてことしてるの！」台所《だいどころ》にもどってきたミリアムがさけびました。「なんであなたは、ほかの子《こ》みたいに、ふつうに、きれいに、しずかにできないの？」

「あたしも、おりょうりがしたいって、いったもん」と、メリーメリーはいいました。

「もういいから、あっちいって。あなたは、マービンのカードの色《いろ》ぬりをてつだってきなさい」と、ミリアムはいいました。

「だめだめ、色《いろ》ぬりなんかさせちゃ」と、マーチンがいいました。「おぼえてるだろ？ まえにこいつ、かべじゅうに絵《え》をかいちゃったじゃないか」

「そうだった」と、ミリアム。

「あたしは、おりょうりがしたいって、いった」と、メリーメリーがいいました。

「それよりか、メグのかざりをてつだわせようよ」と、マーチンがいいました。

「それはだめよ！」と、ミリアムがいいました。「おぼえてないの？ まえにこの子《こ》、はさみでじぶんのスカートを、あなだらけにしたじゃない」

「そうだった」と、マーチン。

「だから、あたしはおりょうりがしたいっていった！」と、メリーメリーはさけびました。

ミリアムは、メリーメリーをみつめ、しばらくかんがえこんでからいいました。

「わかったわ。じゃあ、りょうりをしなさい。なんだかんだいって、それが一《いち》ばんあんぜんかも。わたしが生地《きじ》をつくってあげる」

ミリアムは、こむぎことバターと水《みず》をまぜて、やわらかいボールのような生地《きじ》のかたまりをつくると、のしいたにのせました。そして、メリーメリーにめんぼうをわたしていいました。

「はい、これ。これでおもうぞんぶん、りょうりしなさい」

「わあ、ありがとう！」と、メリーメリーはいいました。「これで、小《ちい》さいおかしのにんぎょうをつくろっと。みんなに一《いっ》こずつつくってあげるからね」

メリーメリーは、めんぼうをつかって、生地《きじ》をのばしはじめました。そして、のばしてはまるめ、のばしてはまるめと、なんどもくりかえしました。それからいよいよ、生地《きじ》を小《ちい》さくちぎって人《ひと》のかたちをつくりはじめました。

ところが、うでや足《あし》は、すぐにきれてしまうし、あたまも、からだからとれてしまいます。なんどかためしたあげく、さいごは、つくったパーツをぜんぶいっしょくたにして、また、まるいボールにしてしまいました。なんどもなんどもまるめるうち、生地《きじ》はやわらかくなり、あたたまって、べとべとになりました。

「やっぱり、ちがうものにしよっと」と、メリーメリーはいいました。「んー、なにがいいかなぁ」

メリーメリーは、手《て》のなかで生地《きじ》をころがし、家《いえ》のなかをうろうろしながら、かんがえはじめました。生地《きじ》は、ますますやわらかくなり、あたたまって、べとべとになっていきました。

マーチンは、居間《いま》のテーブルでロウソクをかぞえていました。ロウソクはぜんぶで十二本《じゅうにほん》ありました。ピンク色《いろ》が四本《よんほん》、青《あお》が四本《よんほん》、白《しろ》が四本《よんほん》です。

「きれいね」と、メリーメリーはいいました。「でも、あたしのおりょうりのほうが、それよりもっときれいになるんだ」

マーチンは、メリーメリーがもっている、やわらかくて、あたたかそうな、べとべとの生地《きじ》のかたまりをみました。色《いろ》は、いくぶん灰色《はいいろ》になっていました。

「うわっ！　それがりょうり？」と、マーチンはいいました。「いったいなにができるかしりたいよ」

「あたしも」と、メリーメリーはいいました。「なにになるか、きまったらおしえるね。とにかくいいものになるってことだけは、わかってるの」

「おれは、それ、たべないから」と、マーチンはいいました。

べつのへやでは、マービンがカードに絵《え》をかいていました。それは、エプロンをつけて、しょっきをあらっているおかあさんに、シルクハットをかぶったおとうさんが、花《はな》たばをわたしている絵《え》でした。その絵《え》のしたに、けっこんきねん日《び》おめでとうと、かいてありました。

「かわいい」と、メリーメリーはいいました。「でも、あたしのおりょうりのほうが、それよりもっとかわいくなるんだ」

「げっ！」マービンは、メリーメリーのもっている生地《きじ》のかたまりをみていいました。「それって、なんになるんだい？」

「ジャムいりシュークリームよ」と、メリーメリーはいいました。「いま、きめた」

「おれは、それ、たべないから」

メグは、ケーキのかざりをつくっていました。それは、よこながの赤《あか》い紙《かみ》でできていて、上下《じょうげ》にこまかくはさみで切《き》りこみがいれてあるので、ひらひらしていました。そして、いまは、ハートのかたちにきりぬいた銀色《ぎんいろ》の紙《かみ》を、赤《あか》い紙《かみ》のまんなかに、はっているところでした。

「すてき」と、メリーメリーはいいました。「でも、あたしのおりょうりのほうが、それよりもっとすてきになるんだ」

メグは、メリーメリーのもっている、灰色《はいいろ》のしまもようがはいった、やわらかくて、あたたかそうな、べとべとの生地《きじ》をみていいました。

「うわっ！　それで、なにつくる気《き》？」

「どうぶつビスケットよ」と、メリーメリーはいいました。「いま、きめた」

「でも、その色《いろ》、みてごらんなさいよ！」

「色《いろ》？」

「だれも、灰色《はいいろ》のどうぶつビスケットなんて、たべたくないわ」

ミリアムのケーキがやきあがりました。ミリアムは、ケーキをオーブンからとりだすと、いろとりどりのゼリーがしでかざりつけました。とってもすてきです。

「さ、それじゃ、おかたづけの時間《じかん》よ」ミリアムは、とけいをみるといいました。「メリーメリー、てつだって。テーブルをよういしなきゃ」

「いまは、むり」と、メリーメリーはいいました。「じぶんのおりょうりがおわってないもん」

ミリアムは、メリーメリーが、手《て》のなかでころがしている、やわらかい灰色《はいいろ》のボールをみていいました。

「りょうりがおわってないなら、どうしてボールなんかであそんでるのよ」

ミリアムは、ちかづいてよくみてみました。

「なにこれ？」

「あたしのおりょうり」と、メリーメリーはこたえました。

「え!? これ、わたしがさっきあげた生地《きじ》？」と、ミリアムはいいました。「ぜんぜんわかんなかった」

「そりゃそうよ。だって、まだできあがってないもん。あたし、クリームホーンをつくるの。いま、きめた」

「え？　さっき、どうぶつビスケットって、いってたじゃない」と、メグがいいました。

「ジャムいりシュークリームって、いったぞ」と、マービンもいいました。

みんなは、メリーメリーのもっている生地《きじ》を、まじまじとみつめました。それは、しまもようのはいった、りっぱな灰色《はいいろ》のボールでした。

「これじゃもう、つかいものになんないわ」と、ミリアムがいいました。

「りょうりとはいえないね」と、マーチン。

「だれも、たべやしないよ」と、マービン。

「きたないもん」と、メグもいいました。

そして、みんなは、口《くち》をそろえていいました。

「もうだめだよ、メリーメリー。そんなの、すてなさい」

「もうだめだよ、メリーメリー。そんなの、すてなさい」

でも、メリーメリーはいいました。

「いや。これは、あたしのおりょうりよ。気《き》にいってるの。きっとなにかのやくにたつわ。だいたい、みんなしつれいよ、そんないいかた。だったらあたし、ジャムいりシュークリームも、どうぶつビスケットも、クリームホーンもつくらない。ちがうものつくる。でも、なににするかは、おしえない。できあがっても、たべさせてもあげないから」

メリーメリーは、台所《だいどころ》へすたすたとあるいていくと、バタン！　と、とびらをしめてしまいました。

それからメリーメリーは、なにをつくれば、みんながあっとおどろくか、いっしょけんめいかんがえました。すると、ふいに、いいかんがえがうかびました。メリーメリーは、大《おお》きな生地《きじ》のかたまりを、いそいで小《ちい》さなまるい玉《たま》にわけていきました。

しばらくすると、とびらのむこうから、みんなが台所《だいどころ》にちかづいてくる音《おと》がきこえてきました。メリーメリーは、いそいでとびらへはしっていって、ガチャッと、カギをかけてしまいました。

「はいってきちゃだめ！　いま、いそがしいんだから」と、メリーメリーはさけびました。

「ねえ、メリーメリー」と、とびらのむこうから声《こえ》がしました。「あなた、ねんど、もってない？」

「ねんど？　なんでそんなのがいるの？　ねんどなんてないわ。あたし、いそがしいんだから、じゃましないで」

「ちがうわ。キャンドルホルダーをよういするの、わすれちゃったの」と、ミリアムがいいました。

「もう買《か》うお金《かね》もなくてさ」と、マーチン。

「おとうさんとおかあさん、もうすぐかえってきちゃうよ」と、マービン。

「このままじゃ、ロウソクが立《た》てられないの」と、メグもいいました。

そして、四人《よにん》は、口《くち》をそろえていいました。

「だから、ちょっとだけ、ねんどがひつようなの」

「そんなのしらない。じぶんたちでなんとかしてよ。あっちいって」と、メリーメリーはいいました。

メリーメリーは、じぶんがつくっている小《ちい》さなまるい玉《たま》をみて、「ふふふ」とわらうと、できるだけいそいで、さらにたくさんつくっていきました。

「あのう、メリーメリー」とびらのむこうから、こんどは、とてもていねいな声《こえ》がしました。「ねんどがないんだったら、あなたのそのおりょうりを、すこしわけてもらえないかしら？」

「え？　なんで？」と、メリーメリーはいいました。「あたしのおりょうりなんて、つかいものにならないんでしょ？」

「そんなことない」と、みんなはいいました。

「だってさっき、そんなのすてなさいって、いったじゃない」

「じょうだんでいったのよ。ね？　おねがい」

「きたないっていった」

「すこし灰色《はいいろ》っぽくみえたからね。でも、だいじょうぶ。紙《かみ》をしけばもんだいないよ」

「でも、もう、ちがうかたちにしちゃったもん」

「そこをなんとかおねがい、メリーメリー。わたしたちがわるかったわ。あんなわる口《ぐち》いって。あなたが、とってもいいものがつくれるってこと、よくわかった。だからおねがい、あなたのおりょうりを、ちょっとだけわけて、キャンドルホルダーにさせてちょうだい」

そこでメリーメリーは、カギをあけ、とびらを大《おお》きくひらくといいました。

「じゃあ、いいわ。そうしてあげる」

メリーメリーは、テーブルにむかって、かわいらしく手《て》をふりました。そこには、キャンドルホルダーにぴったりの、十二《じゅうに》この小《ちい》さくてまるい生地《きじ》がならんでいました。

「あたし、とっくにそれをおもいついてたんだ」と、メリーメリーはいいました。「というか、さいしょから、そうするつもりだったの」

「わあ、すごい！」と、ミリアムはいいました。

「じぶんでおもいついたのかい？」と、マーチン。

「もうできあがってるし！」と、マービン。

「メリーメリーって、みかけによらず、あたまがいいのね」と、メグもいいました。

それからみんなは、いそいで、一《いち》まいの紙《かみ》から小《ちい》さなまるを、十二《じゅうに》まいきりぬきました。その紙《かみ》に、メリーメリーがつくった生地《きじ》をのせ、ロウソクをさすと、それをケーキにかざりました。十二本《じゅうにほん》めのキャンドルをかざりおえたちょうどそのとき、おとうさんとおかあさんがかえってきて、げんかんのドアがあきました。おとうさんとおかあさんは、ケーキをみて、びっくりしました。ケーキには、きれいなかざりがまいてあり、そばには、カードが立《た》ててありました。ケーキの上《うえ》には、十二《じゅうに》このキャンドルホルダーに立《た》てられた十二本《じゅうにほん》のロウソクが、ならんでいます。

「わあ、すごい！」おかあさんとおとうさんは、いいました。「だれがつくったの？」

「ケーキは、わたしがやいたの」と、ミリアムがいいました。

「ロウソクは、ぼくが買《か》った」と、マーチン。

「カードは、ぼくがかいたんだよ」と、マービン。

「まわりのかざりは、わたしよ」と、メグもいいました。

そして、四人《よにん》は、口《くち》をそろえていいました。

「キャンドルホルダーは、メリーメリー。メリーメリーは、みんなからいわれるまえに、これをつくろうって、おもいついてたんだって。ぜんぶひとりでつくったんだよ」

「そう。これが、あたしのおりょうり」と、メリーメリーはいいました。

「まあ、いいおもいつきね!」と、おかあさんはいいました。「すばらしいできばえだわ」

「このキャンドルホルダー、じょうひんできれいな灰色《はいいろ》をしているね」と、おとうさんもいいました。「大理石《だいりせき》みたいな、しまもようもはいってる」

そして、おかあさんとおとうさんはいいました。

「こんなびっくりプレゼント、うまれてはじめて。どうもありがとう!」


♫こうしてメリーメリーのおりょうりは、とてもやくにたったんですって(キャンドルホルダーをたべた人《ひと》は、いませんでしたけどね。でも、それでよかったのです)。これで、このおはなしは、おしまいです。

きねん日
めでとう

4

メリーメリーのハンドバッグ

ある日《ひ》、メリーメリーは、家《いえ》のまえの大《おお》きなごみばこのなかに、女《おんな》の人《ひと》のハンドバッグがすててあるのをみつけました。大《おお》きくて、すてきなバッグでしたが、ぺたんこで、ずいぶんつかい古《ふる》されていました。バッグの口《くち》は、がまぐちみたいにパチンパチンと、あいたり、しまったりします。うちがわには、ポケットがついていて、ねずみのおもちゃのモペットをいれるのに、ぴったりでした。

「これ、とっとこ」と、メリーメリーはいいました。「ほら、こんなにもちゃすい。きっと、ごみしゅうしゅうの人《ひと》は、いらないでしょ」

メリーメリーは、さっそく、そのバッグであそぶことにしました。あけたり、しめたり、ものをいれたり、だしたり。ほんとうにいいものをみつけた、とメリーメリーは、大《おお》よろこびでした。

すると、それをみた、ミリアムがいいました。

「そんなもの、どこでみつけたの？」

「どうせ、どっかのがらくただろ？」と、マーチン。

「あれ？ それって、おかあさんのバッグじゃない？」と、マービン。

「そうよ。おかあさんがいまもってるバッグの、まえのまえにつかってたやつよ」と、メグもいいました。

そして、四人《よにん》は、口《くち》をそろえていいました。

「そんなのすてなさい、メリーメリー。もう、ただのお古《ふる》なんだから」

ほんとうにいいものをみつけた、と大よろこびでした。

「お古《ふる》だって、人《ひと》によっては、いいものになるわ。このおとなの女《おんな》の人《ひと》がつかうバッグは、あたしにぴったり」メリーメリーはそういって、バッグをすてようとしませんでした。

しばらくして、ミリアムが、ともだちのバーバラと通《とお》りをあるいていると、メリーメリーが、さっきのハンドバッグをさげてやってきました。

やだ、みっともない！　ミリアムは、そうおもっていいました。

「メリーメリー！　おねがいだから、そんなものすててちょうだい。かわりになにかあげるから」

「なにくれる？」と、メリーメリーはききました。

「そうね、じゃあ、イースターのたまごがはいってた、かごをあげるわ。そっちのほうが、ずっとかわいいわよ」

「わかった。いつくれる？」

「かえったらあげるわ。いま、バーバラとあそびにいくところだから、あとで家《いえ》にかえったらあげる。だから、いますぐいい子《こ》にして、うちにかえってちょうだい。それで、そのバッグを、もとのごみばこにいれとくのよ」

そこでメリーメリーは、うちへもどっていきました。すると、ちょうど、マーチンとマービンが、家《いえ》の門《もん》からとびだしてきました。

「どこいくの？」と、メリーメリーはたずねました。

「おかしやさん。おこづかいで、なんか買《か》うんだ」と、ふたりはいいました。

「いっしょにいきたい」

「だめ。そんなきたないバッグをもってるやつなんて、つれてけないよ」と、マーチンがいいました。

「みんなにわらわれちゃうぞ」と、マービンもいいました。

「あたし、気《き》にしないもん」メリーメリーは、ふたりについていきながらいい

メリーメリーは、はしらなければなりませんでした。

ました。

「おれたちが気《き》にするんだよ」と、ふたりはいいました。

マーチンとマービンは、いそぎ足《あし》であるきだしました。おかげでメリーメリーは、はしらなければなりませんでした。

「おい、ついてくるなよ。おれたちだけで、いきたいんだから」と、マーチンがいいました。

「わかった。でも、じゃましないから」と、メリーメリーはいいました。

「たにんのふりしようぜ」マービンがそう

いって、ふたりははしりだしました。

メリーメリーが、お店《みせ》につくと、マーチンとマービンは、もうカウンターのまえにならんでいました。メリーメリーは、なかにはいって、ふたりのそばにたちました。それでもふたりは、気《き》づかないふりをしました。

マーチンとマービンのまえに女《おんな》の人《ひと》がいて、チョコレートをえらぶのに、ずいぶん時間《じかん》をかけていました。メリーメリーは、まつのにだんだんあきてきて、ハンドバッグを、パチン！　パチン！　と、あけたり、しめたりしはじめました。お店《みせ》にいた人《ひと》たちは、なんの音《おと》だろう？　と、きょろきょろしました。でも、マーチンとマービンだけは、きこえないふりをしました。

女《おんな》の人《ひと》は、ようやく、はこいりのチョコレートにきめました。

「十《じっ》シリングと六《ろく》ペンスです」と、お店《みせ》の人《ひと》がいいました。

女《おんな》の人《ひと》は、バッグをあけ、さいふをとりだすと、なかをのぞきました。

「ごめんなさい。こまかいのがないわ」そういって、一《いち》ポンドのおさつを、お店《みせ》の人《ひと》にわたしました。

女《おんな》の人《ひと》がおつりをもらってでていくと、お店《みせ》の人《ひと》は、やっとマーチンのほうをむいていいました。

「三人《さんにん》、いっしょかな？」

「ううん」と、メリーメリーがいいました。「この男《おとこ》の子《こ》ふたりとはべつ」

「そうか。じゃあ、きみのほうが小《ちい》さいから、さきにちゅうもんをきこう。さて、なんにする？」

メリーメリーは、おとなの女《おんな》の人《ひと》のようにいいました。

「チューインガムを二《に》こ、くださる？」

それからハンドバッグをあけ、なかをのぞきこむと、「あら、ごめんなさい。こまかいのがないわ」と、いいました。

「なあ、メリーメリー」と、マーチンがいいました。「おれたちが、チューインガムを一《いっ》こずつ買《か》ってやるから、もううちにかえれよ。それで、そのきたないやつを、ごみばこにいれてくれ」

「なにがきたないっていうの？」メリーメリーは、さもおどろいたように、大《おお》きな声《こえ》でいいました。「それって、あたしのバッグのこと？」

「そうにきまってるだろ」と、マーチンはいいました。「たのむから、そんな大《おお》声《ごえ》ださないでくれよ」

「わかった」と、メリーメリーはいいました。「じゃあ、かえる。ちゃんとチューインガムを二《に》こ、買《か》ってくれるのね？」

「わかったわかった。はやくかえれ」と、マーチンはいいました。

そこでメリーメリーは、お店《みせ》をでて、ふたたび、うちへむかいました。うちにつくと、ちょうどメグが、げんかんからでてきました。

「どこいくの？」

「音楽《おんがく》の先生《せんせい》のとこよ。金《きん》よう日《び》のコンサートのこと、ききにいくの」

「あたしもいっちゃだめ？」

「そのバッグをもってくなら、だめ」と、メグはいいました。「なんで、すてないの？　それをごみばこのなかにいれたら、あとで、わたしの赤《あか》いさいふをあげるわ」

「わかった。ありがとう」

メリーメリーは、うちにはいると、しんぶんしで、ていねいにハンドバッグをつつみ、家《いえ》のまえのごみばこのなかにいれました。

さいしょに家《いえ》にかえってきたのは、マーチンとマービンでした。

「メリーメリー。あのバッグどうした？」と、ふたりはききました。

「ごみばこのなかよ」と、メリーメリーはこたえました。

「よし」ふたりはそういって、メリーメリーに、チューインガムを二《に》こくれました。

つぎに、ミリアムがかえってきました。

「メリーメリー、あたしがいったとおりにした？」と、ミリアムはききました。

「うん」と、メリーメリーはこたえました。

「いい子《こ》ね」ミリアムはそういって、かごをくれました。

さいごに、メグがかえってきました。

「メリーメリー、あれはもう、ごみばこのなか？」と、メグはいいました。

「うん」と、メリーメリーはこたえました。「さっきからずっと」

「わかった」メグはそういって、赤《あか》いさいふをくれました。

つぎの日《ひ》のあさはやく、メリーメリーがそとをながめていると、ごみしゅうしゅう車《しゃ》がちかづいてくるのがみえました。

「あっ、どうしよう！」と、メリーメリーはおもいました。「このままだと、ごみしゅうしゅうの人《ひと》が、あのハンドバッグを、灰《はい》とか、ほかのごみとかといっしょに、トラックにほうりこんじゃう。そしたら、バッグがなくなっちゃうじゃない。そんなのいや！」

メリーメリーは、家《いえ》からとびだし、ごみばこのなかをあさりました。ハンドバッグは、ジャガイモのかわにうもれていました。メリーメリーは、ハンドバッグをひっぱりだすと、庭《にわ》のすなばにあなをほってうめました。しばらくして、ごみしゅうしゅう車《しゃ》がいってしまうと、メリーメリーは、すなばからハンドバッグをほりかえし、あたらしいしんぶんしでつつみなおして、また、ごみばこのなかにもどしておきました。

金《きん》よう日《び》になりました。きょうは、音楽《おんがく》の先生《せんせい》のコンサートです。ミリアムとマーチンとマービンとメグが、でかけるのをまっていると、おかあさんがいいました。

「メリーメリーは、どこ？　おくれないようにとおもって、あの子《こ》のしたくをさきにしたのに。メリーメリーは、どこなの？」

「たったいま、庭《にわ》のすなばで、あなをほってたぞ」と、おとうさんがいいました。「いい、いい。さきにいきなさい。ぼくが、あとからつれていくから」

そこで、ミリアムとマーチンとマービンとメグとおかあさんは、さきにでかけました。おとうさんは、メリーメリーをつれて、あとからいきました。

いよいよコンサートが、はじまろうというときでした。かいじょうのうしろのほうで、パチン！　という大《おお》きな音《おと》がしました。みんながふりむくと、メリーメリーが、にっこりわらって立《た》っていました。メリーメリーは、あの古《ふる》びたハンドバッグをうでにかかえています。

「あっ、あれ！」と、ミリアムとマーチンとマービンとメグはいいました。

コンサートがおわると、四人《よにん》は、メリーメリーのもとへかけよりました。

「ちょっと！　わたし、かごをあげたでしょ？」と、ミリアムがいいました。

「チューインガム二《に》こ、買《か》ってやったよな？」と、マーチンとマービン。

「赤《あか》いさいふ、あげたわよね？」と、メグもいいました。

「うん、ありがとう」と、メリーメリーはこたえました。「もらったものは、ぜんぶ、このバッグのなかよ。これ、ほんとにべんりなの。大《おお》きいからなんでもはいるし。ほら、モペットもいるのよ。この子《こ》も、コンサートたのしかったって」

「でも、これ、ごみばこにいれたって、いった！」みんなは、口《くち》をそろえていいました。

「いれたわよ」と、メリーメリーはいいました。「でも、あんなところにしまっておくなんて、ばかみたい。だって、とりだすたんびに、手《て》をあらわなくちゃならないし、へんなにおいがするんだもん。だからあたし、このバッグをごみばこにしまっておくの、もうやめたの」

♫こうしてメリーメリーは、それからもずっと、その古《ふる》びたハンドバッグをつかったんですって。これで、このおはなしは、おしまいです。

5

メリーメリー おとまりにでかける

ある日《ひ》のごご、おかあさんがでかけることになり、メリーメリーは、きょうだいたちと、ゆうがたまでおるすばんをすることになりました。

「ねえ、なにする？」メリーメリーは、みんなにいいました。「なんか、たのしいことしない？」

「わたし、やることがあるわ」と、ミリアムはいいました。「手紙《てがみ》をかかなくちゃ」

「おれもやることがある」と、マーチンもいいました。「絵《え》をかくんだ」

「おれは、ペーパークラフトつくる」と、マービンもいいました。

「わたしは、さんすうのしゅくだい。きのう、おわらなかったから。わたしだけつまんないけど、どっちみちやらなきゃいけないから、しかたないわ」と、メグもいいました。

ミリアムは、手紙《てがみ》をかきに、寝室《しんしつ》へいきました(だれかに、あれこれはなしかけられたくないからです)。マーチンは、台所《だいどころ》へいきました(ふでをあらう水《みず》をこうかんするのに、らくだからです)。マービンは、食堂《しょくどう》へいきました(紙《かみ》をひろげるのに、ひろいテーブルがひつようだからです)。メグは、居間《いま》にいきました(土《ど》よう日《び》にしゅくだいをするなんてしゃくだから、どうせならいいいすにすわってやるわ、といいながら)。

メリーメリーは、みんながいくところに、あちこちとついていきました。すると、ミリアムには「あっちにいってなさい、メリーメリー」といわれ、マーチンには「じゃまするな」といわれ、マービンには「こっちにくるな」といわれ、メグには「ほっといて」と、いわれてしまいました。

そこでメリーメリーは、おとなりのサマーズさんをたずねました。ところが、サマーズさんもいそがしくしていました。

「ごめんなさい、メリーメリー。きょうは、おきゃくさんにきてもらう時間《じかん》がないの。いまからでかけるのよ」

「どこにいくの？」と、メリーメリーはたずねました。

「友《とも》だちのところ。とまりにいくの」と、サマーズさんはいいました。

「どのくらい？」

「んー、まだきめてないの。そのばしだいってとこかしら。いまは、そのじゅんびでいそがしくて」

メリーメリーは、家《いえ》にもどると、寝室《しんしつ》へいきました。

「ミリアムおねえちゃん」と、メリーメリーはいいました。「あたし、おねえちゃんが手紙《てがみ》をかいてるあいだは、はなしかけたりしないからね。だから、手紙《てがみ》をかきおわったらおしえて。おしえてくれないと、いつはなしかけていいか、わからないでしょ。それに、しらないうちにおわってて、なんだ、もっとまえに、はなしかければよかったってなったら、かなしいもの。ねえ、そうでしょ？」

「あー、うるさい！　うるさい！　ちょっと、あっちにいってってば！」と、ミリアムはいいました。

メリーメリーは、台所《だいどころ》へいきました。

「マーチンおにいちゃん」と、メリーメリーはいいました。「おにいちゃんの色《いろ》ぬりがおわったらおしえてくれる？　だってあたし、いつになったらじゃまにならないのか、しりたいんだもの」

「いいから、あっちにいけって！」と、マーチンはいいました。

つぎにメリーメリーは、食堂《しょくどう》へいきました。

「マービンおにいちゃん」と、メリーメリーはいいました。「そのペーパークラフトができあがるまで、じゃましたくないんだけど、でも、おわったらおしえてくれる？　できあがりをみたいの。でも、いつできあがるかがわからないと、つぎみにきたときに、もしかすると、まだできあがってなくて、じゃましちゃうかもしれないから」

「おまえは、いま、じゃましてるんだよ！　あっちいけ！」と、マービンはいいました。

さいごにメリーメリーは、メグのいる、居間《いま》へいきました。

ところが、メリーメリーがいうよりさきに、メグがおこったちょうしでいいました。

「あっちいってて、メリーメリー！」

メリーメリーは、しかたなくでていきました。

「へんなの。みんなおなじことといってる」メリーメリーは、ひとりごとをいいました。「みんなして、あっちいけ！　だって」

メリーメリーは、しばらくげんかんのホールで立《た》ったまま、なにかをいっしょけんめい、かんがえていました。それから、またサマーズさんの家《いえ》へいきました。

すると、きれいなぼうしをかぶったサマーズさんが、ちょうど家《いえ》からでてきたところでした。

「あのう、でかけるまえに、ききたいことがあるの」メリーメリーは、サマーズさんにいいました。「おとまりにいくときって、どんなじゅんびをするの？」

「んーと、いろいろよ」と、サマーズさんはこたえました。「バッグにひつようなものをつめるでしょ？　あとは、牛乳《ぎゅうにゅう》はいたつの人《ひと》にメモをのこす、げんかんのカギをかける、とかね。でも、どうして？」

「あたしも、ひとりでおとまりにいくかもしれないから。しっておいたほうがいいとおもって」

「でも、ひとりでおとまりだなんて、もっと大《おお》きくならないとむりでしょう?」

「そう?」

「そうよ。小《ちい》さい女《おんな》の子《こ》じゃ、まだむりよ」と、サマーズさんはいいました。

「大《おお》きくなって、おとなの女《おんな》の人《ひと》になるまではね」

サマーズさんは、メリーメリーに、さよならのキスをしました。

「わたし、たぶん、火《か》よう日《び》くらいにもどってくるわ。かえってきたら、またあいにきてちょうだいね」と、サマーズさんはいいました。

メリーメリーは、家《いえ》にもどると、またなにかをいっしょけんめい、かんがえはじめました。

ミリアムが手紙《てがみ》をはんぶんほどかきあげたとき、寝室《しんしつ》のとびらがあきました。

そこに、ティーポットのカバーをあたまにのせた、メリーメリーが立《た》っていました。

「これ、女《おんな》の人《ひと》のぼうしにみえる?」と、メリーメリーはききました。

ミリアムは、わらってこたえました。

「まあ、そういわれれば」

「そしたら、あたし、おとなの女《おんな》の人《ひと》にみえる?」

「ううん。だってあなた、女《おんな》の人《ひと》のくつをはいてないわ」

そこでメリーメリーは、げんかんにいって、おかあさんのくつを、いくつかはいてみました。どれも大《おお》きすぎます。

「でも、そのうち大《おお》きくなって、ぴったりになるでしょ」と、メリーメリーはひとりごとをいって、ハイヒールをえらびました。それだと、せがたかくみえるからです。

メリーメリーは、ハイヒールをはくと、よろよろしながら、マーチンのところへいきました。マーチンは、まだ絵《え》に色《いろ》をぬっていました。

「あたし、おとなの女《おんな》の人《ひと》にみえる？」

マーチンは、わらってこたえました。

「そうだな。もうちょっとながいスカートをはいてたら、みえるかも」

そこでメリーメリーは、スカートのつりひもをのばして、スカートのたけをくるぶしまでおろしました。

そして、またよろよろとあるきながら、マービンのところへいきました。マービンは、まだペーパークラフトをつくっていました。

「あたし、これからおでかけするような、おとなの女《おんな》の人《ひと》にみえる？」

マービンは、かおをあげました。

「おもしろいかっこうしてるな」マービンは、わらっていいました。「でも、ハンドバッグはなくていいのかい？」

「あ、そうだった！　あたしのハンドバッグ！　すっかりわすれてた」メリーメリーはそういって、庭《にわ》のすなばから、ハンドバッグをほりだしました。

メリーメリーは、ティーポットのカバーをかぶり、おかあさんのハイヒールをはき、スカートをくるぶしまでおろし、古《ふる》びたハンドバッグをもって、メグのところへいきました。

メグは、まださんすうのしゅくだいをやっていました。みけんにしわをよせ、ゆびをおりながら、もんだいをといていました。

「あたし、おとなの女《おんな》の人《ひと》にみえる？」メリーメリーは、たずねました。

メグは、かおをあげないで、いっしょけんめい、かんがえつづけていました。

「ねえ！　あたし、おとなの女《おんな》の人《ひと》にみえる？」

「うるさい！　あっちいってて！」と、メグはいいました。

「わかった。じゃあ、さよなら」

メグは、ちょっとびっくりして、かおをあげましたが、そのときにはもう、メリーメリーのすがたはありませんでした。

メリーメリーは、かいだん下《した》のものおきから、紙《かみ》ぶくろをひっぱりだしました。そして、ハミガキとパジャマとモペットをもってきて、マンガらんのあるしんぶんのたばにくるむと、紙《かみ》ぶくろのなかにいれました。それから、牛乳《ぎゅうにゅう》はいたつのおじさんにメモをのこしました。

ぎゅうにゅうはいたつのおじさんへ
あたしはでかけます。

メリーメリーより

それから、勝手口《かってぐち》のドアのカギをかけました。これですっかりじゅんびができました。メリーメリーは、げんかんのかがみのまえに立《た》つと、じぶんにむかっていいました。

「さよなら。たぶん、火《か》よう日《び》くらいにかえってくるわ」

「あら、すてきなかっこうね、マダム。ごきげんよう」メリーメリーは、じぶんでこたえました。

「ありがとう」メリーメリーはそういって、通《とお》りにでていきました。

むかいのへいに、男《おとこ》の子《こ》がひとりすわっていました。男《おとこ》の子《こ》は、目《め》のまえの家《いえ》から、あたまにティーポットのカバーをかぶり、ハイヒールをはき、スカートをくるぶしまでおろした女《おんな》の子《こ》がでてくるのをみて、いっしゅんびっくりしました。

それから、まじまじとみつめたあと、ヒュイッと口《くち》ぶえをならして、わらいだし

メリーメリーは、通りにでていきました。

ました。

　メリーメリーは、男《おとこ》の子《こ》に気《き》がつきませんでした。あるくことでせいいっぱいだったからです。それもそのはず、ハイヒールはぐらぐらするし、くるぶしまでおろしたスカートのおかげで、とてもあるきにくかったのです。メリーメリーは、とうとうハイヒールをぬいで、紙《かみ》ぶくろにほうりこんでしまいました。

　男《おとこ》の子《こ》は、へいからとびおりると、むかいの歩《ほ》道《どう》をあるいて、メリーメリーについてきました。

「どこへいくんだい？」男《おとこ》の子《こ》が声《こえ》をかけました。

「おとまり」と、メリーメリーはこたえました。

「へえ、しんじられないな。どこにとまるんだい？」

「ともだちの家《いえ》」

「えっ、もっとしんじられない」

男《おとこ》の子《こ》は、またちかくのへいにのぼってすわり、メリーメリーがあるいていくのをみおくりました。

メリーメリーは、だれにもみられないところまでいってしまおうと、いそぎ足《あし》であるきました。ところがそのとき、じぶんは、これからどこへいくのか、まったく、きめていなかったことに気《き》がつきました。メリーメリーは、だれかとめてくれそうなともだちがいないか、いそいでかんがえました。

サマーズさんは、でかけてしまったので、いってもしかたがありません。きんじょのメリーさんのうちは、子《こ》どもが四人《よにん》いるので、よぶんなベッドは、きっとないでしょう。するとそのとき、いい人《ひと》がおもいうかびました。

「そうだ、バセットさんだ。バセットさんなら、よろこんでとめてくれるわ」

メリーメリーは、バセットさんの家《いえ》の門《もん》をとおりぬけ、ハイヒールをはきなおすと、げんかんのベルをならしました。

「まさか、そのかっこうで人《ひと》にあうのかい？」とおくからみていた、さっきの男《おとこ》の子《こ》が大声《おおごえ》でいいました。

げんかんのドアが、ガチャッとあきました。

メリーメリーは、男《おとこ》の子《こ》のほうをむいて、あっかんべーをすると、すばやくむきなおりました。そして、一歩《いっぽ》まえにふみだすと、コホンと、じょうひんなせきばらいをしました。

「おやおや、これは！」

ドアをあけてくれたのは、バセットさんでした。

「どこかへおでかけかい？　そんなかっこうで」バセットさんは、メリーメリーをみていいました。

「そうよ。あたし、ここにでかけてきたの」と、メリーメリーはいいました。

「おや、ほんとうかい？　それで、どれくらいいるつもりかな？」

「まだきめてないの。そのばしだいってとこかしら。そうでしょ？」

「おやおや！　まあ、ともかくあがりなさい」

バセットさんは、メリーメリーを居間《いま》にとおしてくれました。メリーメリーは、大《おお》きな革《かわ》ばりのひじかけいすのはしっこに、ちょこんとすわりました。

「ぼうしをおあずかりしましょうか？」バセットさんはそういうと、メリーメリーからぼうしをうけとり、しょっきだなにのせました。

「あたし、ここにでかけてきたの」

「そのぼうし、ティーポットのカバーに、にてるでしょ?」と、メリーメリーはいいました。

「ええ。そうなのかな、とおもったところでした。でも、これは、ぼうしなのだから、ちゃんとかべのフックに、かけたほうがよさそうですな」

「ううん、いいの。おかまいなく」と、メリーメリーはいいました。「あたし、めいわくをかけないように、ハミガキとパジャマをもってきたの」

「ハミガキとパジャマ?」と、バセットさんはききかえしました。「ということは、ここにおとまりになる、ということですかな?」

「そうよ」

「はてさて、わたしは、そんなやくそくをしましたかな?」

メリーメリーは、じっとかんがえこんでしまいました。

「ふつう、そういうやくそくって、くるまえにするの?」と、メリーメリーはききました。

「まあ、ふつうは」

「しらなかった！」と、メリーメリーはいいました。「あたし、やくそくしなかった。あの、じゃあ、いまから、そのやくそくをしてくれる？」

すると、バセットさんは、いすにこしかけ、えんぴつで紙《かみ》に、なにやらかきはじめました。それは、しょうたいじょうでした。

メリーメリーさんへ
きょうの二《に》じから四《よ》じまで、うちにあそびにきてくれませんか？
きてくれたら、とてもうれしいです。

バセットより

「わあ、ありがとう！」と、メリーメリーはいいました。「はい！　あたし、よろこんできたわ。でも、どうして四《よ》じまでなの？」

「わたしは、ずっとさきのことまできめてしまうのが、すきじゃなくてね」と、バセットさんはこたえました。

「へえ。あたしは、すきよ」と、メリーメリーはいいました。「でも、いいわ。四《よ》じになったら、こんどは、火《か》よう日《び》までいてくださいっていう、しょうたいじょうをもらえばいいもん。ねえ、いまからなにする？」

「そうだね。すごろくでもするかい？　それか、うちのうさぎをみるとか」

「え？　うさぎ、かってるの？　みたい！」

「よし、そうしよう。うちのおとなりさんは、ひよこをかってるんだがね、わたしは、うさぎのほうがすきなんだ」

「いいなぁ」と、メリーメリーはいいました。「うちのおとうさんとおかあさんなんか、子《こ》どもしかかってないのよ。あたしも、うさぎがすき。ねえ、じゃあ、さいしょにうさぎをみて、それからすごろくにしましょ。あー、とってもたのしみ！」

メリーメリーとバセットさんは、庭《にわ》にでて、うさぎにえさをやったり、あそんだりしました。それからへやにもどって、すごろくをはじめました。

そのころ、ミリアムは手紙《てがみ》をかきおえ、マーチンは絵《え》に色《いろ》をぬりおえ、マービンはペーパークラフトをつくりおえ、メグはさんすうのしゅくだいをやりおえました。みんなは、メリーメリーをさがしましたが、どこにもいません。二《に》かいにも、一《いっ》かいにも、庭《にわ》にもいませんでした。

勝手口《かってぐち》をのぞいたミリアムが、からの牛乳《ぎゅうにゅう》びんのなかに、メリーメリーのおき手紙《てがみ》をみつけました。ミリアムはそれをよむと、ほかの三人《さんにん》を大声《おおごえ》でよびました。

「みて！　あの子《こ》、どっかにでかけちゃったわ！」

「どこに？」と、マーチンがいいました。

「そんなこと、いってた？」と、マービン。

「なんてばかなことを！」と、メグもいいました。

そして、みんなは、口《くち》をそろえていいました。

「ああ！　おかあさんにばれたら、どうしよう！」

四人《よにん》は、しんぱいになって、通《とお》りへとびだしました。そして、あちこちお店《みせ》をのぞいたり、しりあいにたずねたりしました。

おかしやさんのまえに、男《おとこ》の子《こ》がアメをなめながら立《た》っていました。

「ここらへんで、小《ちい》さい女《おんな》の子《こ》をみかけなかった？」と、ミリアムがたずねました。

「古《ふる》びたバッグをもっててさ」と、マーチン。

「へんなぼうしをかぶってて」と、マービン。

「あと、ハイヒールをはいてたはず」と、メグもいいました。

「ああ、みたよ」と、男《おとこ》の子《こ》はこたえました。「へんなかっこうだった。なんかともだちのところへ、とまりにいくって。それで、ほら、あそこのおじさんの家《いえ》にはいっていったよ」

四人《よにん》は、ほっとして、バセットさんの家《いえ》へむかいました。

男《おとこ》の子《こ》は、あとからついてきて、ちかくのへいによじのぼってすわりました。

四人《よにん》は、げんかんのベルをならしました。

ドアをあけたのは、メリーメリーでした。メリーメリーは、みんなをみて、びっくりしました。

「こら！　メリーメリー！」と、ミリアムがいいました。

「あちこちさがしたんだぞ！」と、マーチン。

「家《いえ》にかえれ！」と、マービン。

「ひとりででかけちゃ、だめじゃない！」と、メグもいいました。

メリーメリーは、バタン！と、ドアをしめました。そして、ゆうびんうけのあなから、みんなにむかっていいました。

「あなたたち、人《ひと》のうちのまえで大声《おおごえ》なんかだして、しつれいよ。はずかしいじゃない」

「メリーメリー！うちにかえるのよ！」と、ミリアムがさけびました。

「いや。おねえちゃんたちが、あっちいけっていったんだからね。だから、でてったんじゃない」

「とにかくドアをあけて」と、ミリアムはいいました。

「いや」

「バセットさんは、どこにいるんだい？」と、マーチンがききました。

「いっしょにすごろくしてるの。じゃましないで」

「おれたちもいれろよ」と、マービンがいいました。

「だめ」

「おかあさんが、もうすぐかえってくるわ」と、メグがいいました。「だからかえらなきゃ。わたしたちが、いっしょにあそんであげるから」

「いや。かえらないもん」

四人《よにん》は、こまったかおをして、こそこそとささやきあいました。へいの上《うえ》の男《おとこ》の子《こ》は、それをみて、ゲラゲラと大《おお》わらいしました。

ミリアムがいいました。

「メリーメリー、ごめんね。あっちいけ、なんていっちゃって。ねえ、かえってきてくれる？」

しばらく、しんとなりました。そして、メリーメリーが、ドアをあけました。

「うちにかえってきてくれませんか？」四人《よにん》は、口《くち》をそろえていいました。

メリーメリーは、にっこりほほえみました。

「あたし、このままじゃかえらない。でも、ちゃんと、ていねいにおねがいされたら、かえってもいいわ」と、メリーメリーはいいました。

「わかったわ。どうか、うちにかえって、わたしたちとあそんでくれませんか？」と、ミリアムがいいました。

「あたしをおきゃくさんみたいにしてくれる？」

「ええ、そうする」と、メグがいいました。

「おやつは、なに？」

ミリアムは、いそいでかんがえていいました。

「イワシのサンドイッチよ」(それは、メリーメリーの大《だい》こうぶつでした)

「『さ、めしあがれ。ふたつはたべてね。小《ちい》さいサンドイッチだから』って、いってくれる？」

「うちに、かえってきてくれませんか？」

「ばかばかしい！」と、ミリアムはいいました。

「あ、そう。じゃあ、きょうは、みんなとすごせそうにないわ。では、ごきげんよう――」メリーメリーは、そういいながら、ドアをしめようとしました。

すると、マーチンがすばやくドアをおさえ、ミリアムがすかさずいいました。

「わかった、わかったわ。『さ、めしあがれ。ふたつはたべてね』ね。

いうわ、いうわよ。なんだったら、三《みっ》つだっていいわよ。だからかえってきて。かえって、わたしたちとあそんでちょうだい！」

「じゃあ、しかたない」と、メリーメリーはいいました。「みんなが、そんなにかえってきてほしいなら、かえってあげる。でも、そのまえに、かえるじゅんびをしなきゃ。みんな、さきにかえってて。サンドイッチのよういがあるでしょ？」

ミリアムとマーチンとマービンとメグは、家《いえ》にかえっていきました。四人《よにん》が、へいの男《おとこ》の子《こ》のまえをとおるとき、男《おとこ》の子《こ》は、またゲラゲラと大《おお》わらいしました。

メリーメリーは、バセットさんのところへいって、いいました。

「バセットさん、ごめんなさい。あたし、もういかなくちゃ。おねえちゃんやおにいちゃんたちが、どうしてもあたしといっしょにあそびたいんですって」

メリーメリーが、ハイヒールをはき、ティーポットカバーのぼうしをかぶると、

へいの上の男の子は、ゲラゲラと大わらいしました。

バセットさんは、メリーメリーをげんかんまでみおくってくれました。

メリーメリーは、立《た》ちどまり、さいごにわすれものがないか、たしかめました。紙《かみ》ぶくろをのぞくと、もってきたマンガらんのあるしんぶんのたばが目《め》にとまりました。

「これ、よかったら、どうぞ。うちにまだいっぱいあるから」と、メリーメリーはいいました。「ほんとうは、ここで、ねるまえによもうとおもったの」

「どうもありがとう」と、バセットさんはいいました。

「こちらこそ、おまねきありがとうございました」と、メリーメリーはこたえました。

メリーメリーが家《いえ》の門《もん》までかえってくると、ミリアムとマーチンとマービンとメグが、げんかんさきにでてきました。

「おやつは、もうすぐです。どうぞおはいりください！」みんなは、口《くち》をそろえていいました。

「ありがとう。よろこんで」

メリーメリーがそういって、門《もん》をはいっていくと、うしろから、さっきの男《おとこ》の子《こ》のわらい声《ごえ》がしました。

「一《いち》まい、うわてだったな！」と、男《おとこ》の子《こ》が声《こえ》をかけました。

「どういうみ？」と、メリーメリーはききました。

「そんなの、だれだってしってらぁ！」

「あたしには、わかんない！」メリーメリーはそういうと、よろよろしながら、げんかんにむかいました。

げんかんでは、おねえちゃんやおにいちゃんたちが、かしこまったようすで、メリーメリーをまっていました。


♫メリーメリーは、こうしておとまりにでかけて、うちにかえってきたんですって。これで、このおはなしは、おしまいです。

メリー

ジョーン・G・ロビンソン(1910-1988)

イギリスのバッキンガムシャー州生まれ．チェルシー・イラストレーター・スタジオで学ぶ．1941 年に結婚し，2 人の娘，デボラとスザンナをもうける．クリスマスカードや挿絵の仕事をしていたが，やがて自分でも子どものためのお話を書くようになる．作品に「テディ・ロビンソン」シリーズ(福音館書店，岩波書店)，『クリスマスってなあに？』『庭にたねをまこう！』『思い出のマーニー』(岩波書店)，『おはようスーちゃん』(アリス館)などがある．

小宮 由(1974-)

翻訳家．東京・阿佐ヶ谷で，家庭文庫「このあの文庫」を主宰．ロビンソン作品のほかに，『ジョニーのかたやきパン』『せかいいち おいしいスープ』『おかのうえのギリス』『ピッグル・ウィッグルおばさんの農場』『そんなとき どうする？』『さかさ町』『ベッツィ・メイとこいぬ』(以上，岩波書店)など訳書多数．

メリーメリー おとまりにでかける
ジョーン・G・ロビンソン作・絵

2017 年 3 月 17 日　第 1 刷発行
2018 年 8 月 24 日　第 2 刷発行

訳 者　小《こ》宮《みや》 由《ゆう》

発行者　岡本 厚

発行所　株式会社 岩波書店
〒101-8002 東京都千代田区一ツ橋 2-5-5
電話案内 03-5210-4000
http://www.iwanami.co.jp/

印刷・精興社　製本・牧製本

ISBN 978-4-00-116007-9　Printed in Japan
NDC 933　134 p.　20 cm